AF318213

DU SILENCE,

CONSIDÉRÉ

COMME TACTIQUE PARLEMENTAIRE.

A PARIS,

CHEZ LES MARCHANDS DE NOUVEAUTÉS.

1823.

DU SILENCE,

CONSIDÉRÉ

COMME TACTIQUE PARLEMENTAIRE.

LE Gouvernement représentatif ou de l'opinion, comme toutes les choses humaines, est sujet à se dénaturer, et la marche des événemens peut amener un état de choses tel, que la parole publique, qui en est l'organe, semblable à un instrument émoussé par l'usage, reste sans force en présence des faits. Les circopstances où nous avons été conduits sont-elles de ce genre? L'expérience du passé et la considération du présent doivent-elles conseiller à l'Opposition actuelle de la Chambre des Députés, de s'interdire, pendant la session qui s'ouvre, toute participation *orale* aux débats de l'assemblée? Quels seraient les avantages de ce plan de conduite? quels seraient les inconvéniens d'une tactique opposée? Telles sont les questions sur lesquelles nous voulons essayer de présenter quelques idées.

Cette discussion sera d'autant moins inopportune que le système du silence paraît adopté, par cette portion de la Chambre qui s'est fait remarquer surtout par la sagesse et la circonspection de sa conduite; l'on ajoute même que ce plan trouve beaucoup d'adhésion dans cette autre partie de l'Opposition qui s'était chargée jusqu'à ce moment du rôle plus actif et plus brillant de l'attaque.

Je crois d'abord qu'on peut poser en fait que tout a été dit sur les questions qui nous divisent; aujourd'hui l'on sait parfaitement des deux côtés ce que l'on veut et où l'on va. Quiconque est accessible à la logique, désormais a dû être atteint par elle ; ce que la parole n'a pu faire durant les dernières sessions, elle ne le ferait pas mieux durant celle-ci : donc elle serait au moins inutile. Il est une classe d'hommes, et cette classe est plus considérable qu'on n'aimerait à le croire, laquelle n'écoute que le bruit du choc des intérêts matériels : tout le reste, raison, justice, générosité, éloquence, tout cela pour elle n'est rien autre que *verba atque voces, prætereaque nihil.* Ces gens-ci, placés au dernier rang dans l'ordre moral des sociétés humaines, sont les derniers avertis, persuadés, convaincus; ils n'entendent que la voix des événemens. Ne troublons point cette voix par la parole humaine : le silence la rendra plus imposante et plus efficace.

Mais si la parole qui, précédemment, a valu tant de conquêtes à l'Opposition dans le sein de la nation, est devenue désormais vaine et presque sans effet, parce que tout ce qu'il était possible de conquérir a été conquis; que faut-il penser de son impuissance dans l'intérieur de la Chambre ? Même dans les temps ordinaires, et dans les gouvernemens représentatifs les plus réguliers, la parole ne doit se promettre que peu de succès dans le sein des assemblées représentatives. Un ministère, pour peu qu'il ne soit pas trop mal habile, n'y élève jamais aucun débat important, qu'auparavant il ne se soit assuré d'une majorité acquise à son système; de son côté comme du

côté de l'Opposition, les hommes sur lesquels on prétendrait agir, sont dominés ou enchaînés par la force des
intérêts, des engagemens, des positions : or, cette force-
là se détruit bien rarement par la parole. C'est cette ob-
servation qui a fait dire spirituellement à l'un de nos
hommes d'état les plus distingués que l'orateur de nos
Chambres *parle par la fenétre*. Mais à qui s'adresse-t-il
dans une telle position ? Il s'adresse à la nation, qui pro-
nonce son jugement sur les affaires en discussion, par la
voie de l'élection ; bien entendu que l'élection doit être
sincère, loyale et surtout parfaitement libre. S'il en était
autrement on roulerait dans un cercle vicieux, car la
majorité et son gouvernement n'auraient que faire d'une
sanction obtenue par un simulacre d'élection. Des élections déloyales, violentées, illégales, détruisent le gouvernement représentatif ; elles substituent la force à la
raison, le fait au droit. C'est par de telles élections que
l'Angleterre subit son *long parlement*.

Beaucoup de plaintes se sont élevées contre les dernières élections ; et, en effet, leur résultat inusité, ines-
péré même, les place ; il nous semble, au moins jusqu'à la vérification de la Chambre, en état de suspicion
légitime. L'Opposition n'y a obtenu qu'un sixième environ
des choix qu'elle avait coutume d'obtenir, depuis la dernière loi électorale, à chaque renouvellement de série.
Aucun événement majeur, aucun déplacement visible
d'intérêts ou d'opinions n'est intervenu, pour justifier cette
singulière différence. C'est à la Chambre des Députés
elle-même, à qui la Charte attribue le droit de vérifier
les pouvoirs de ses membres, qu'il appartient de pro-
noncer sur les dernières élections. Mais dans l'état actuel,
de qui est composé la grande majorite de cette Chambre ?
Elle est composée d'abord de ceux sous l'influence et

sous la direction de qui les dernières élections ont été faites ; en second lieu , de ceux qui ont été élus sous cette influence et cette direction. Je sais que leur décision aura la sanction légale en sa faveur; mais dans cette discussion, quel résultat peuvent obtenir les réclamations de l'Opposition ? Evidemment elles n'en peuvent obtenir aucune de favorable (1).

En effet , un dilemme s'offre naturellement à l'esprit.

1°. Ou les dernières élections ont été régulières, sincères, et parfaitement libres, et alors la minorité , tant des anciens que des nouveaux élus, frappée de cette majorité imposante des colléges électoraux et de la Chambre, docile aux principes du gouvernement représentatif, doit se soumettre avec respect au vœu de la nation et à l'opinion publique. Dût la plus intime conviction provoquer le cri de la conscience , que seraient quelques voix isolées contre une immense majorité. Gardez le silence , vous dirai-je, en attendant que le progrès des connaissances publiques et de meilleures circonstances viennent élever le commun des esprits au niveau de vos lumières , et les aient rendus susceptibles de vous comprendre et de vous apprécier. Il n'est pas sage d'user les hommes sans fruit, non plus que d'exposer , sans espérance , la justice et la vérité à la dérision d'une foule insensée.

2°. Ou bien la minorité de la Chambre des Députés pourra supposer, d'après son intime conviction , que les dernières élections furent irrégulières, déloyales et absolument privées de la liberté nécessaire à la manifesta-

---

(1) Nous croyons cependant que ce ne serait pas violer sans fruit la règle du silence, si des députés venaient lire à la tribune et déposer sur le bureau les pièces qui pourraient constater les irrégularités dont on prétend que les dernières élections ont fourni de si nombreux exemples.

tion sincère du vœu national ; et, dans ce cas, que fera-t-elle ? viendra-t-elle s'adresser à sa partie adverse, et la choisir elle-même pour juge? invitera-t-elle ses antagonistes à s'expulser eux-mêmes de cette enceinte, précisément à cause des faits au prix desquels ils ont consenti d'entrer, et au moyen desquels ils sont entrés en effet ? La seule position des questions en démontre aussitôt l'absurdité. Si vous incriminez les dernières élections, gardez-vous de provoquer des discussions qui ne peuvent avoir d'autre résultat que de les faire sanctionner plus solennellement. Que s'il n'est pas en votre pouvoir de les priver de la sanction légale, ne leur donnez pas du moins cette autre sanction plus imposante encore, qu'elles ne manqueraient pas d'obtenir de la décision d'un débat que vous-mêmes auriez provoqué, devant des juges, sinon choisis, du moins acceptés par vous. Si quelque moyen régulier existait de les attaquer, et qui nous offrît des chances raisonnables de succès, certes il serait bien de ne pas le négliger. Par exemple, si, comme en Angleterre, l'enquête parlementaire était admise sans contestation dans nos Chambres, et que, comme à Westminster, la commission d'enquête dût être partagée avec une équitable impartialité, entre la majorité et l'opposition, alors on devrait solliciter l'enquête ; mais s'il est certain au contraire que rien de pareil ne peut être espéré chez nous, que toute contestation soit sur les élections dernières, soit sur tout autre point essentiel du système de gouvernement, doit aboutir à un résultat prévu d'avance, et nécessairement fâcheux pour l'Opposition, quel intérêt peut avoir celle-ci à courir après une nouvelle défaite ? N'en a-t-elle pas subi un assez grand nombre, et peut-être a-t-elle quelque chose à se reprocher, pour les avoir bravées si souvent

e gaîté de cœur; car, dans l'arène parlementaire il en
st comme dans l'arène des camps : là, aussi, il est sage
de ne risquer le combat qu'avec des chances raisonnables de succès. Assez souvent l'Opposition ne fut battue
que par la supériorité numérique de ses adversaires;
qu'elle imite ces guerriers prudens, qui, placés en
présence d'un ennemi trop nombreux, restent au moins
invaincus, retranchés derrière de fortes positions.

Encore si ces luttes, déjà si pénibles par la certitude de la
défaite, étaient du moins décorées, comme les vieux tour-
nois de la chevalerie, de ces formes pleines d'aménité et
de courtoisie qu'on aimait à croire inséparables des mœurs
françaises. Mais il n'est pas possible de se faire à cet égard
la plus légère illusion. Les passions exaltées à un très
haut degré ont engendré la violence des paroles ; l'estime
réciproque (il est dur de l'avouer, mais cela est évident),
l'estime réciproque, cette condition première de l'illus-
tration des combats, a cessé désormais d'exister entre plusieurs des adversaires. Je crains de dire qu'on se hait, et
pourtant comment pourrais-je qualifier les sentimens que
tant de Députés de l'Opposition paraissent inspirer à un
grand nombre de ceux de la majorité ? Hors la chambre
ne les tient-on pas en état d'excommunication sociale ?
Un fonctionnaire public peut-il les approcher sans danger ? Et enfin, n'a-t-on pas vu, durant la dernière session, les ministres eux-mêmes, trop dociles aux insinua-
tions de la haine, déserter le siége qu'une habitude de
huit années leur avait assigné, pour s'éloigner, autant
que les limites de la salle des séances ont pu le permettre,
de la parole et des regards des Députés de l'Opposition ?
Certes, quand on est arrivé à ces termes, je ne conçois
plus comment les justes fiertés de l'honneur peuvent con-
descendre à une calme discussion. Un orateur dont la mo-

dération ne saurait être suspecte (1) vous l'a dit : Depuis que par les dernières modifications du réglement, la majorité peut ôter la parole aux membres de la minorité, ceux-ci doivent se considérer comme *déportés sur leurs bancs.* Puisque des mesures si dures ont été prises contre la minorité, qu'elle cesse une lutte inégale, et qu'elle laisse peser sur la majorité le double poids de la rigueur et de la résignation. Ce que disait la minorité durant les dernières sessions, paraissait déjà trop violent à la majorité, puisque celle-ci lui a plusieurs fois interdit la parole, ou par la clôture, ou par l'application des nouveaux articles du règlement ; eh bien, depuis cette époque, les griefs de la minorité n'ont fait que s'aggraver ; ses plaintes, pour être conséquentes, devraient augmenter proportionnellement d'énergie. Il est évident qu'on ne pourra pas les supporter.

Le dernier des moyens qu'on doit employer, c'est sans doute cette espèce de pugilat de tribune, qui adjugerait la parole au plus haut diapason de la voix. Quand un homme qui se respecte se voit poussé à de pareilles extrémités, la question devient simple pour lui ; on ne l'écoute pas, il se tait.

Nous avons indiqué les inconvéniens de la parole dans la situation actuelle des choses. Il nous reste quelque chose à dire sur les avantages du silence.

On n'a pas oublié que durant la session de 1819, où la minorité du côté droit se trouva réduite à l'impuissance la plus absolue, elle adopta pour tactique de s'abstenir de la parole, et de voter silencieusement contre des lois dont elle jugeait ne devoir pas discuter les détails, puisqu'elles reposaient sur des bases qu'elle considérait comme radi-

____

(1) M. Royer Collard.

calement vicieuses. Ce plan, habilement concerté, fut religieusement observé par tous les membres de la minorité. Il fut couronné du succès ; car la session n'était pas terminée que les divisions les plus déplorables avaient éclaté avec force au sein de la majorité. La similitude de position de la minorité actuelle lui trace la conduite qu'elle doit tenir, et lui montre les résultats qu'elle peut atteindre. Nos ennemis de l'extérieur ont appris, dit-on, de nos armées, la nouvelle tactique de la guerre, à force d'être battus par elles : pourquoi n'en serait-il pas de même dans la guerre parlementaire ? Notre but, d'ailleurs, est clair et déterminé. Il existe, on le sait, au milieu de la Chambre une classe d'hommes intermédiaires. Ces hommes ont des préventions personnelles contre plusieurs des individus de l'Opposition actuelle ; mais, d'un autre côté, le fonds de leurs idées et de leurs intérêts n'a aucune sympathie avec les idées et les intérêts de la majorité du côté droit. Ce n'est pas ici le lieu de le démontrer ; c'est d'ailleurs une chose à-peu-près convenue. La frayeur d'un danger qu'ils croyaient imminent les a précipités au côté droit de la Chambre ; ils s'y tiennent encore, mais comme dans un abri passager et mal assuré. L'expérience vient les avertir chaque jour qu'ils y sont en pays ennemi.

La loi du 29 juin les expulse de la Chambre avec bien plus d'intolérance que n'a jamais fait la loi du 5 février ; et une fois sortis de la Chambre, comme on n'a plus besoin d'eux, et qu'au fond on ne les aime guère mieux que l'Opposition, précisément à cause de leur consanguinité avec elle, on finit par les expulser à-peu-près de toute participation à la direction du Gouvernement, et même de la possession des emplois publics. L'Opposition qui les compta parmi ses frères, depuis le 5 septembre jusqu'au changement du système ministériel, en a vu successivement plusieurs revenir à elle. Beaucoup de conquêtes restent à faire parmi eux : le silence est le moyen le plus actif de les effectuer. D'abord il détruira tout prétexte à renouveler leurs frayeurs. Plus de ces paroles échappées à l'improvisation, et susceptibles d'être commentées par l'esprit de parti et empoisonnées par la malveillance. Il sera clair désormais que les prétentions turbulentes de la révolution ne se cachent derrière qui que ce soit. Cela ne fut jamais, nous le savons, mais il ne restera pas même le plus léger prétexte de le dire. Tous les dangers de la parole resteront pour vos adversaires ; tandis que votre silence ménagera tous les amours-propres, la loquacité naturelle aux vainqueurs décidera la retraite de bien des gens qui n'attendent qu'un prétexte plausible pour se rallier avec honneur à une minorité qui, on ne peut se le dissimuler, trouve un appui si considérable dans la masse de la nation. On sent, d'ailleurs, que tel homme qui votait avec la majorité des précédens ministères, peut fort bien, sans changer de principes, se séparer de la majorité actuelle ; disons plus, il le doit, s'il veut être conséquent à ses premiers principes, et s'il n'est pas guidé uniquement par les intérêts les moins relevés. Que le côté gauche laisse donc la tribune au centre droit ; car c'est lui qui est attaqué. Les personnes et les principes du côté gauche sont aujourd'hui politiquement anéantis ; il reste encore quelque chose debout des personnes et des principes du centre droit. Chaque jour on en renverse quelque débris ; c'est à eux de se défendre, s'il en est temps encore ; ils sont vivement menacés ; la coignée est à la racine de l'arbre ; s'ils n'arrêtent le mouvement destructeur, ils périront tous. Mais, je le répète, ceci les regarde spécialement : ce sont leurs affaires ; abandonnez à eux-mêmes le soin de les traiter ; ils ne manquent ni d'habileté ni de ressources pour cela. Laissez-les s'engager dans la discussion avec le côté droit : votre manière de la conduire ne leur convient pas ; ils ne veulent pas avoir l'air de parler avec vous, ni comme vous : peut-être ils ont tort ; mais enfin l'expérience n'est pas faite, il est bon de la tenter. Dans la Chambre de 1815, il y avait aussi un côté gauche, mais impassible et silencieux ; la lutte s'établit entre les royalistes de Gand et les gentilshommes de la cour et des provinces. Que firent les royalistes de Gand ? Ils firent le 5 septembre. Où sont aujourd'hui les royalistes de Gand ? Au centre gauche ou au centre droit. Cela vaut la peine d'être observé.

En résumé nous roulons dans un cercle sans issue ; on fait des élections avec du pouvoir, et du pouvoir avec des élections. Dans les limites légales, il n'existe aucun autre moyen de sortir du labyrinthe, que de laisser au pouvoir ou à la majorité actuelle le soin de se dissoudre soi-même. Toute action, de quelle nature qu'elle soit, provenant de la vieille Opposition du côté gauche, fait obstacle à la naissance d'une nouvelle Opposition. C'est l'écueil qu'il faut éviter en gardant le silence. Toutes les preuves de courage et de dévouement ont été faites ; il ne reste plus qu'à déployer le courage de la patience.

Mais, d'un côté, si le silence de l'Opposition lui permet d'espérer de grands avantages, nous ne voyons pas qu'aucun inconvénient puisse en résulter. C'est un essai : la parole est long-temps restée vaine ; essayez une fois du silence ; s'il ne réussit pas mieux que celle-ci, l'Opposition saura bien la retrouver avec cette éloquence que lui donnent la raison et la conviction. Tous les autres moyens ont été successivement tentés et usés, depuis les réunions

populaires imitées de l'Angleterre, jusqu'aux plus graves
discussions parlementaires. Voyons une fois, si le plus simple de ces moyens ne renfermerait pas en soi le plus d'ef-
ficacité. Quel que soit l'état des esprits, le silence de
l'Opposition permet au moins d'espérer l'absence de l'im-
modération et de l'aigreur. Peut-être que des lois vicieuses
en principe, que l'on nous prépare, y gagneront quelque chose dans leurs détails; du moins il faut croire
qu'elles ne seront pas aggravées, ainsi que cela s'est vu,
par l'irritation des débats. Peut-être encore c'est ici le seul
moyen de conserver pour des temps meilleurs ce qui reste
de liberté dans le règlement de la Chambre. Quelle que
soit l'imperfection de la législation actuelle de la presse,
elle permet néanmoins de publier les faits qui méritent
d'être dénoncés dans les journaux. La tribune n'est donc
plus indispensable, comme sous le régime de la censure, en
qualité d'auxiliaire de la presse. Ces diverses considéra-
tions permettent à l'Opposition de recueillir les avantages
du silence, sans en subir aucun inconvénient. On peut
soupçonner néanmoins que ce silence lui-même ne sera
pas exempt d'incrimination. Comme le pamphlétaire Ga-
con *répondait au silence* de M. de Lamothe, l'Opposition doit s'attendre à voir ergoter sur le sien. Après avoir
taxé ses paroles de sédition, il n'est pas impossible que
des hommes violens appellent son *silence, conspirateur*.
C'est encore un nouvel avantage qu'elle doit se promettre
de cette tactique; car s'il fut possible d'empoisonner les
paroles, il faut espérer au moins que nul homme sage n'a-
doptera les fictions qu'on prétendrait échafauder sur le
silence.

Quelques personnes, en consentant d'adopter ce système du silence, ont demandé s'il ne conviendrait pas de
le faire précéder d'une protestation solennelle. Nous ne le

croyons pas. La protestation est une sorte d'insurrection morale ; elle est d'un grand effet lorsque des moyens extraordinaires sont en réserve pour la seconder , comme dans les Diètes de Pologne ; elle est une dernière ressource lorsque la force s'apprête à dissoudre une assemblée délibérante. Ni l'une ni l'autre de ces deux extrémités ne se présente à nous. Si les membres de l'Opposition consentent à garder le silence , la nation saura qu'ils sont toujours là , veillant d'un œil inquiet à la conservation de ses libertés , et les soutenant chaque jour de leur vote. Une mesure aussi solennelle que le doit être une protestation, serait imprudemment exposée à la dérision de nos ennemis, si elle était faite hors de la circonstance la plus urgente. En un mot, une protestation est le dernier acte, et comme le testament de la vie politique : grâces au Ciel nous n'en sommes point arrivé là. Un nuage sombre couvre le sol de la patrie ; abritons-nous , et laissons-lui le temps de passer sans détonnation sur nos têtes.

Cependant, généreux citoyens , gardez-vous de craindre que la nation oublie , durant votre silence, ni vos noms qui lui sont devenus si chers , ni votre patriotique éloquence, dont elle aime à répéter les accens ; loin de là , nous repasserons dans notre mémoire, et ces doctrines fortes et pures que vous avez popularisées dans toute l'Europe, et ces remontrances courageuses que vous avez élevées jusqu'à l'oreille des rois, et ces réclamations noblement passionnées que vous avez fait entendre dans la cause des libertés constitutionnelles et des vrais principes de l'ordre social. La tribune , veuve de votre éloquence, perdra quelque chose de son éclat ; peut-être que des intérêts moins élevés y seront débattus ; peut-être que des passions moins généreuses y feront entendre leur voix ; mais son deuil lui-même rehaussera la gloire que vous lui avez acquise, et comme les images de ces illustres Romains, qu'on distinguait d'autant mieux, nous dit Tacite, qu'on les avait enlevées de la vue du peuple, de même vos noms soustraits pour un temps, par une patriotique abnégation, aux échos de la renommée, seront chaque jour répétés par la France, entourés de son respect et de son amour. Vous, surtout, que le génie de l'éloquence et celui de la liberté décorent à l'envi de leurs palmes les plus brillantes, venez les déposer sur l'autel de la patrie; c'est un dernier sacrifice qu'elle attend de votre magnanimité : vous en serez bien récompensés, s'il doit faire luire sur elle le jour de la justice et de la paix. Enfin, s'il est permis d'ajouter foi aux pressentimens publics, les événemens s'élèveront bientôt au - dessus de toutes les voix humaines, et peut-être, plus tôt que nous ne le pensons, viendront délier votre langue.

Cet écrit avait pour dessein d'expliquer au public les motifs et les avantages du silence que paraissent devoir observer, durant le cours de cette session, un grand nombre de Députés de la minorité. Plus ce silence sera strict et unanime, plus il aura de force et d'autorité : si cette attitude est comprise par la nation, et adoptée par tous ceux de ses représentans auxquels elle paraît convenir, nos vœux seront remplis ainsi que nos espérances.

Imprimerie ANTHELME BOUCHER, rue des Bons-Enfans, n°. 34.